電光人間

大塚　静正

三省堂書店／創英社

電光人間　もくじ

第一章　殺人事件と電光人間結社

星空工業地帯の工場と工場の間に、広くて美しく愛情があふれる公園があった。それは、子どもたちの遊ぶ声がいつも聞こえる公園である。蛸《たこ》の形をした滑り台があり、ジャングルジムやブランコや鉄棒などの遊具が設置されていた。東側は広場になっていて、子どもたちが、野球やサッカーをしてよく遊んでいた。公園は、ブナの木やイチョウの木に囲まれ、ベンチもあった。西側には図書館があり、公園の中央を横切ると近道になっていた。

小学六年生の二海堂航《にかいどうわたる》は、学校と塾が終わり、帰宅途中である。二十時頃、いつものように星空公園を通った。

すると、体中に電飾をつけ光り輝かせて歩いている人間がいた。まるで、クリスマスツリーが歩いているかのようである。すごくきれいで、あれは何だろうと思いながら後をついて行った。頭には、黒い覆面をかぶり、目と鼻の部分だけ丸く穴があいている。

そして、歩くたびにガシャ、ガシャと音がした。足元を見ると、片足に義足をつけているようだ。

いったい何のために、こんな電飾をつけて歩いているのだろうか。どうしてなんだ。二海堂航は、帰る方向が同じということもあり、しばらくは、その電光人間の後をついて行った。

星空公園を抜け、しばらく行くと、交差点で別れてしまった。

電光人間がいなくなると、急に辺りは暗闇になった。

二海堂航は、何も考えずに家路を急いだ。自宅へ着くとうがいと手洗いをし、夕食をとった。

母の二海堂《にかいどう》ひと美《み》は、言った。

「お帰り。塾、行ってきた？」

「行ってきたよ」

「夕飯、食べたらもうひと勉強する？　それともお風呂にする？」

「お風呂にするよ。ねえ、ねえ、今日、帰りに変な人を見ちゃった。体中に電飾をつけて輝かせて歩いているんだ。まるで、電光人間だ」

　二海堂ひと美は、言った。

「変な人には、気をつけなさいよ。襲われたりしたら大変だ。すぐ逃げてくるのよ。大声を出すとか」

「うん、わかっている」

　二海堂航は、夕食が済むと風呂へ入り、もうひと勉強して寝た。

　やがて、辺りが薄明るくなり、だんだん朝日が差し込んできた。雀《すずめ》のさえずりが聞こえ、徐々に外が賑やかになっていく。

　二海堂ひと美は、朝食を作っていた。父の二海堂輝秋《にかいどうてるあき》は刑事で、昨日は夜勤だった。まだ帰ってきていない。

けたたましく目覚し時計が鳴った。二海堂航は、その音で起きた。小学六年生の航はすぐ着替えて顔を洗い、学校へ行く準備をした。

そして、朝刊に目をやった。すると、星空公園で、他殺体が発見されたと載っているではないか。しかも、死亡推定時刻は、昨日の二十時頃となっている。二海堂航はびっくりして、母に言った。

「母さん！　大変、大変。星空公園で、殺人事件があったんだって。二十時って、僕がちょうど帰ってきた頃だ。全然気がつかなかったな」

二海堂ひと美は、言った。

「気がつかなかったということは、時間が微妙にずれていたのね。出会わなくて良かったわ。色々聞かれたら、正直に知らないって言いなさいよ」

「うん、わかった」

二海堂航は、新聞をテーブルに置いて、朝食をとった。そして、学校へ行った。

星空公園にはブルーシートが張られ、警察がいた。二海堂航は、遠回りして学校へ行った。遠回りしたため少し時間がかかったが、ぎりぎりで間に合った。

一時間目の授業が終わると、友だちが話しかけてきた。

「昨日、星空公園で殺人事件があったんだって！」

「え、知らないよ」

二海堂航は、母の言葉を思い出した。

(正直に知らないって言いなさいよ。)

隣の席の子は、言った。

「うそ――。じゃあ、教えてあげるけど、昨日、星空公園で殺人事件があって、栄星塾の先生が刺されたんだよ。こわいな」

「そうなんだ」

二海堂航は、言った。

「星空公園で死体を見つけたサラリーマンが、電飾をつけた人間が立ち去っていくのを見たって言っているらしい。でも、確信はできないんだ。本当にその人がやったかどうかは、わからないみたい」

「へえー。そうなんだ」

そのうちに、二時間目の授業が始まった。

小学六年生の二海堂航は、栄星塾《えいせいじゅく》へ通っていた。事件にあった栄星塾の先生ってどの人だろう。二海堂航は、そんなことを思い浮かべながら、授業を受けていた。

二海堂航は、思った。昨日見た電光人間は何者だろう。どこから来て、どこへ行ったのだろうか。塾の帰りに会ったということは、今日もまた会うかもしれない。こわいな。そんなことを考えているうちに、この日の授業が終わった。

二海堂航の通っている栄星塾は、小学生から高校生まで授業を行っている。そして、土曜日、日曜日を除いて毎日行かなければいけない。二海堂航は、いつものように栄星塾へ行った。

塾もいろいろあるようだ。五十人程が入る広い教室で、講師が一人で教える塾もあれば、円いテーブルに三、四人が座って、少人数を一人の先生が教える塾もあり、マンツーマン、つまり一対一で生徒に教える塾もある。二海堂航の通っている栄星塾は、同じ学年の生徒三人に一人の先生がつくというグループ学習である。

二海堂航のグループは、小学校は違うが深田と中川と航の三人に先生一人がついていた。この日は、中川が休んだため、深田と航の二人だった。

そして、この日も二十時頃、星空公園を通って家へ帰った。星空公園は、もう静まりかえっていた。

そして、昨日と同じ時刻に家に着いた。

そんな毎日を繰り返し、一週間が過ぎた。

すると、今度は、カシオペア公園で、高校生が襲われた。

二海堂ひと美は、テレビを見ながら言った。

「いやな世の中ね。カシオペア公園というと、ここより南の方向ね」

二海堂航は、言った。

「塾で一緒に勉強している深田さんちのほうだ。きっとびっくりしているぞ」

テレビを見ていると、アナウンサーが言った。

「襲われたのは、栄星塾の生徒で、意識不明のようです。被害者が発見される数分前、体中に電飾をつけて歩いている人を見た人がいると言うことです。目下《もっか》警察が犯人をさがしています」

二海堂航は、言った。

「電光人間だ！　深田さん大丈夫かな。電話してみようか」

電話をすると、深田が出た。

「僕は、大丈夫。心配してくれてありがとう。それから、僕も電光人間を見たよ。でもすぐに行っちゃったよ。では、また明日」

二海堂航は、言った。

「母さん、深田さんは大丈夫みたい」

次の日、塾へ行くと先生から話があった。

「一週間前に、栄星塾の先生が事件にあって、今度は生徒が襲われました。まるで、栄星塾を目の敵にしているかのようです。みんな、くれぐれも気をつけてください」


警察は、星空工業地帯殺人及び殺人未遂事件対策本部を設置した。

二海堂航の父、二海堂輝秋はこの事件の捜査に加わった。

体中に電飾をつけた人間が現れた後、殺人事件が起きている、参考人としてこの人間をさがし出して、事情を聴くことにした。

また、栄星塾の先生と生徒が襲われたということでこの塾をマークすることにした。

二海堂輝秋は、さっそく栄星塾の会長と面会した。

「星空地区担当の刑事二海堂です。会長さんですか」

「私は、栄星塾会長の高岡真徳《たかおかまさのり》です。刑事さん、ご苦労さまです」

二海堂刑事は、言った。

「何か心当たりは、ありませんか」

会長の高岡は、言った。

「特にありません。宮森先生も、大沢くんも真面目な人です。早く犯人をさがし出してください」

二海堂刑事は、言った。

「犯人は、栄星塾を憎んでいる可能性が高いのです。もし、次に狙われるとしたら、高岡会長、あなたかもしれません。高岡会長、しばらくは、あなたのまわりに、わからないよう護衛をつけます」

高岡会長はびっくりしたような表情でうなずいた。

二海堂刑事は、高岡会長の自宅を見張った。

栄星塾のほうも、警官数人で見張っていた。

しかし、電光人間は現れなかった。

◇

ここは、星空工業地帯の小さな菓子工場の一室である。そこに、電光人間結社があった。

電光人間結社の会長、電光人間A、鬼頭錨《きとういかり》は、電光人間D、柏川萌に言った。

「栄星塾は、どんなだろうか。栄星塾では、亡くなった先生の代わりの数学の教師を募集しているらしい。柏川さん、数学の教師の免許を持っているでしょ。ちょうどいいじゃないか。栄星塾へ行ってみてはどうかな。そして栄星塾の様子を教えてくれないか」

電光人間D、柏川萌は、栄星塾で講師として採用になった。そして、バニラミント製菓を辞めた。

電光人間結社は、バニラミント製菓の労働組合のような団体だった。バニラミント製菓の宣伝活動も行っていた。

電光人間A、鬼頭錨には、気に入らない過去があった。

鬼頭錨が、高校一年の時だった。母は、錨を栄星塾へ行かせた。やがて、高校三年になり大学受験を迎えた。錨は、国立大学、有名私立大学すべて落ちてしまう。そして、希望とは違った私立大学へ行くことになる。錨は、この私立大学を卒業した。なかなか就職口はなく、バニラミント製菓で働くことになった。

バニラミント製菓は労働条件が悪かった。毎日、長時間労働で残業が多い。それに、労働組合もなかった。そこで、鬼頭錨は、会社をもっともっと盛り上げようとしている同僚、仲間を集め、電光人間結社を作った。

鬼頭錨は、会社では係長であったが、この結社には係長より上の地位の人間は入れないように取り組みをしていた。

そして、バニラミント製菓の社長、三好治《みよしおさむ》は、電光人間結社のメンバーを把握していた。電光人間結社は、いわば会社公認なのである。

第二章　新製品の販売

鬼頭錨は、バニラミント製菓では、まあまあの菓子職人だった。

社長の三好治は、営業、事務の仕事はもちろん製造のほうも、会社のことはすべて把握していた。

係長の鬼頭錨は、新製品を考案していた。バニラベリークッキーである。

鬼頭錨は、言った。

「社長、新製品の提案があるのですが。これ、絶対売れますよ」

三好治社長は、言った。

「どんな製品でしょう。試作してみせてくれ」

鬼頭錨の上司である製造課長の貝塚達也《かいづかたつや》は、あまり気に入らなかったが、社長の許可が出たということで仕方なく見ていた。

鬼頭錨の試作したバニラベリークッキーはおいしく、三好治社長は気に入った。

三好治社長は、言った。

「このバニラベリークッキーは、非常にうまい。大量生産したいのだが、貝塚製造課長はどう思うかね」

貝塚達也製造課長は、言った。

「大量生産に踏み切るには、時期尚早だと思います。少し生産して売り出し、売れ行きを見てから、大量生産の機械を開発し、大量生産のラインを作りましょう。費用はかかりますが、売れるのなら、すぐ元金分は稼げるでしょう。まずは、手作りでやるべきです」

三好治社長は、言った。

「一週間後ぐらいをメドに売り出してみよう」

鬼頭錨は、言った。

「電光人間となって宣伝してはどうでしょう。胸に電飾で、〝バニラベリークッキー〟と書いて、輝かせて、夕暮れの町を歩いて回るのです。きっと目をひくでしょう。ぜひやらせてください」

三好治社長は、言った。

「それは、おもしろい宣伝方法だ」

鬼頭錨は、言った。

「雨の日に電飾は弱いので、雨の降っていない夕暮れ時、一時間限定で電光人間結社のメンバーが交代で町へ出ます。一日に出られるのは、メンバーの半分ほどです」

三好治社長は、言った。

「電光人間結社は、うちの会社の労働組合みたいなものだから、電飾代などの費用は会社から出そう」

それから、新製品バニラベリークッキーの製造が始まった。鬼頭錨と鬼頭百合は、慎重にバニラベリークッキーを作った。

営業の山崎剛也は、バニラミント製菓直営の菓子店二店舗はもちろん、多くの店へ売り込んだ。

やがて、〝バニラベリークッキー〟と電飾のついた服も完成したのだった。

◇

五月のある夕暮れ時だった。町は、帰宅に急ぐ人々であふれていた。太陽が沈み、薄暗くなってきた時だった。

体に電飾をつけ、光らせて歩いている人間が出現した。特に胸と背中には、〝バニラベリークッキー〟と書かれた電飾をつけている。それは、まばゆいばかりに光り、歩くたびにゆらゆらとゆれ、道行く人の目を引いた。

栄星塾会長の高岡邸に張り込んでいた二海堂輝秋刑事の携帯電話が鳴った。

「刑事！　大変です。電光人間が現れました」

「どこだ。気をつけろ！　すぐつかまえるのだ」

「それが、刑事、五か所で現れたのです。しかし、刑事、この電光人間たちが事件を起こしたという証拠はありません」

「話を聞くだけだ。ここを換わってくれ」

二海堂刑事は、別の警察官と持ち場を換わって、電光人間の一人に声をかけ、本拠地に案内させた。

二階堂刑事は、携帯電話で指示を出した。

「みんな、本拠地に戻らせるんだ。そこでまとめて話を聞こう」

星空工業地帯の五か所に出現した電光人間五人は、警察官と一緒に本拠地へ戻った。

電光人間は、バニラミント製菓の社員だった。バニラミント製菓の食堂兼休憩室に五人とも集まった。

五月という季節なので、みんな暑そうに黒い覆面をしていた。

二海堂刑事は、言った。

「名前を言ってください」

五人は、順番に言った。

「電光人間A」

「電光人間C」

「電光人間F」

「電光人間G」

「電光人間H」

二海堂刑事は、言った。

「覆面をとって、本名を言いなさい」

五人は、覆面をとって本名を言った。

「鬼頭錨、電光人間A」

「山崎《やまざき》剛也《たけや》、電光人間C」

「中山《なかやま》雷太《らいた》、電光人間F」

「林田《はやしだ》光晴《みつはる》、電光人間G」

「保田《やすだ》明日美《あすみ》、電光人間H」

二海堂刑事は、言った。

「あなた方は、なにをしているのですか」

電光人間A鬼頭錨は、答えた。

「私たちは、電光人間結社のメンバーで、バニラベリークッキーの宣伝をしているのです。ここにいる五人は、バニラミント製菓の社員です。三好治社長の了承を得てやっています」

電光人間C山崎剛也は、言った。

「バニラベリークッキーは、うちの会社の新製品で、甘くておもしろい味のクッキーです。社長が大変気に入っていまして、将来うちの会社の主力商品にしたいのです」

二海堂刑事は、言った。

「四月に、星空公園で、栄星塾の講師、宮森さんが発見されました。その時、あなた方のような電飾をつけた人が立ち去るのを見たと言う人がいるのだが。心当たりはないかね」

電光人間A鬼頭錨は、答えた。

「知りません」

電光人間C山崎剛也も、言った。

「私も知りません」

電光人間F中山雷太も、言った。

「僕も、知りません」

電光人間G林田光晴も、言った。

「知りません」

電光人間H保田明日美も、言った。

「私も、知りません」

二海堂刑事は、言った。

「それでは、やはり四月のことだが、カシオペア公園で栄星塾の生徒が襲われたのを知っていると思うが、心当たりはないですか。電飾をつけた人間が立ち去るのを見たという連絡が入っている」

電光人間A鬼頭錨は、言った。

「関係ありません。たまたま、電光人間が歩いていただけでしょう」

電光人間C山崎剛也は、言った。

「私も関係ないと思います」

電光人間F中山雷太も、言った。

「僕も、知りません」

電光人間G林田光晴も、言った。

「私も、知りません」

電光人間H保田明日美も、言った。

「私も、知りません」

二海堂刑事は、言った。

「そうですか、知りませんか。ところで、電光人間結社と言いましたね。もっと詳しく電光人間結社のことを教えてくれませんか」

電光人間A鬼頭錨が、名簿をポケットから出して、言った。

「これが、電光人間結社のメンバーです。別に、悪いことをしているわけではありません」

二海堂刑事は、言った。

「ちょっと見せてください。コピーがほしいのですが」

電光人間Ａ鬼頭錨が、コピーを取ってきた。

二海堂刑事は、言った。

「それから、あなた方それぞれの連絡先と会社での仕事の内容を教えてください」

電光人間たちは、それぞれ質問に応じた。

二海堂刑事は、言った。

「今度、電光人間はいつ現れるのですか」

電光人間Ａ鬼頭錨は、言った。

「私たちは、電光人間Ａグループです。明日、電光人間Ｂグループが宣伝に出ます。やはり六人です。雨の場合は中止です」

二海堂刑事は、言った。

「あなた方は、これで帰ってよろしい。明日は、明日で、電光人間Ｂグループの宣伝が終わったら話を聞きたい。宣伝が終わるのは何時頃になるのですか」

電光人間Ａ鬼頭錨は、答えた。

「二十時頃になると思います。バニラミント製菓は、今、バニラベリークッキーという菓子を売り出し中です。社長は、バニラベリークッキーの売れ行きに期待しているのです。売れ行きしだいでは、大量生産に入る予定でいます。バニラベリークッキーを考案したのは私です。大ヒットさせて、あの製造課長の鼻を明かしたいのです」

二海堂刑事は、言った。

「今日のメンバー五人がＡグループとすると、Ｂグループのメンバーの名前はわかりますか」

電光人間Ａ鬼頭錨は、言った。

「わかります。電光人間Ｂ鬼頭百合、電光人間Ｅ南川大聖《みなみかわたいせい》、電光人間Ｉ岸沼未来也《きしぬまみきや》、電光人間Ｊ秋野時紀《あきのときのり》、電光人間Ｋ近藤加芸樹《こんどうかげき》、電光人間Ｌ小谷星也《こたにせいや》、小谷は足が不自由で、義足をつけています」

電光人間Ａ鬼頭錨は、Ｂグループの名前を確認した。

二海堂刑事は、名簿を見て言った。

「電光人間Ｄは、宣伝活動をしないのですか」

電光人間A鬼頭錨は、言った。

「電光人間Dは、退職しました」

二海堂刑事は、言った。

「電光人間結社の責任者は、誰なのですか」

電光人間A鬼頭錨は、答えた。

「私です。私、電光人間Aが、電光人間結社の会長です」

二階堂刑事は、何やらメモを取りながら言った。

「わかりました。これで失礼します」


鬼頭錨は、すぐに社長の三好治へ、今日の出来事を電話で報告した。

次の日の夕暮れ、電光人間のBグループが現れた。そして、警察がすぐ見張りについた。二十時頃、電光人間が宣伝を終えた。

二海堂刑事は、言った。

「電光人間Bグループですね。責任者はどなたですか」

鬼頭百合は、言った。

「私が、電光人間Bグループの責任者で、電光人間結社の副会長、鬼頭百合です」

二海堂刑事は、言った。

「鬼頭？　電光人間Aグループにも鬼頭という人いましたよね」

鬼頭百合は、言った。

「鬼頭錨は、私の夫です。私は、電光人間A鬼頭錨の妻の電光人間Bです」

二海堂刑事は、言った。

「夫婦なのですか。職場結婚ですか」

電光人間B鬼頭百合は、言った。

「はい、そうです」

二海堂刑事は、言った。

「電光人間Aグループにもお聞きしたのですが、Bグループのあなた方も、それぞれの連絡先と、会社での仕事の内容を教えてください」

電光人間たちは、それぞれ返答した。

二海堂刑事は、言った。

「四月に、星空公園で栄星塾の先生、宮森さんが殺され、カシオペア公園で栄星塾の生徒が何者かによって重傷をおわされたことについて、何か知りませんか。電飾をつけた人間が歩いていたという目撃情報があるのですが」

電光人間B鬼頭百合は、言った。

「知りません」

電光人間E南川大聖は、言った。

「知りません」

電光人間I岸沼未来也は、言った。

「知りません」

電光人間J秋野時紀は、言った。

「知りません」

電光人間K近藤加芸樹は、言った。

「知りません」

電光人間L小谷星也は、言った。

「知りません」

二海堂刑事は、言った。

「わかりました。ところで、バニラミント製菓の現在の主力商品は、何ですか」

電光人間B鬼頭百合は、答えた。

「チョコ饅頭です」

電光人間I岸沼未来也は、言った。

「そうだ。チョコ饅頭は、大量に売れている」

電光人間J秋野時紀は、言った。

「よその菓子屋でも作っているけど、うちのチョコ饅頭は、特別うまいのかもしれない。貝塚製造課長が、配合を考案した珠玉の一品だ。貝塚さんは、チョコ饅頭で課長に上がったようなもんさ」

電光人間K近藤加芸樹は、言った。

「新製品のバニラベリークッキーは、鬼頭係長が今売り込んでいる一品だよ。売れてくれればよいが」

二海堂刑事が、電光人間A鬼頭錨からコピーしてもらった電光人間結社の名簿を参考にまとめると次のようであった。名簿には、十二人の名前が記してあった。

電光人間A
本名、鬼頭錨
総司令官、バニラミント製菓工場の係長。元陸上の選手。
電光人間B
本名、鬼頭《きとう》百合《ゆり》
副司令官、鬼頭錨の妻、バニラミント製菓工場でパート勤務。元陸上の選手。
電光人間C
本名、山崎《やまざき》剛也《たけや》
バニラミント製菓営業社員。元陸上の選手。

電光人間D
本名、柏川萌
元バニラミント製菓事務員、数学の教員免許を持っていて、現在栄星塾の講師。
電光人間E
本名、南川《みなみかわ》大聖《たいせい》
バニラミント製菓工場社員、元陸上の選手。
電光人間F
本名、中山《なかやま》雷太《らいた》
バニラミント製菓工場社員。学生時代レスリング部所属、身長一九〇センチ。
電光人間G
本名、林田《はやしだ》光晴《みつはる》
バニラミント製菓工場社員。元サッカーの選手。
電光人間H
本名、保田《やすだ》明日美《あすみ》

バニラミント製菓事務員。元フィギュアスケートの選手。

電光人間Ｉ

本名、岸沼《きしぬま》未来也《みきや》

バニラミント製菓工場社員。元野球の選手。

電光人間Ｊ

本名、秋野《あきの》時紀《ときのり》

バニラミント製菓工場社員。元柔道の選手。

電光人間Ｋ

本名、近藤《こんどう》加芸樹《かげき》

バニラミント製菓工場社員。元サッカーの選手。

電光人間Ｌ

本名、小谷《こたに》星也《せいや》

バニラミント製菓工場社員。交通事故で片足を失い義足をつけている。元陸上の選手。

二海堂刑事には、少し気になるところがあった。名簿の最後に切り取られたような跡がある。これは、何だろう。

それから、電光人間は、毎日街に現れた。雨の日を除いて、電光人間ＡグループとＢグループが交互に出てくるのである。会社で本来の仕事がそれぞれあるので、交替で宣伝に出ている。

太田原捜査本部長は、言った。

「電光人間が六か所で出ているようだぞ。今日は、Ａグループ、五人の日ではなかったかな」

二海堂刑事は、言った。

「すぐ鬼頭錨さんに聞いてみます」

二海堂刑事は、電光人間Ａ鬼頭錨に電話した。

「鬼頭錨さん、電光人間が六人出ているようなのだが、今日は五人ではなかったかな」

電光人間A鬼頭錨は、言った。

「学生アルバイトを一人頼んだのですよ」

二海堂刑事は、言った。

「そうですか」

二海堂刑事は、言った。

「太田原本部長。学生アルバイトを一人頼んだそうです」


しかし、電光人間の正体、組織はわかったが、次の事件は起こらない。

そして、四月にあった二件の殺人事件の犯人も、わからないままであった。

防犯カメラの解析が終わって、宮森先生を殺した犯人と大沢くんを襲った犯人は、同一人物であることがわかった。暗闇の中の犯行で、面影だけしかわからなかった。

二海堂刑事は、別の警察官に言った。

「犯人は、電光人間の中にきっといるはずだ。電光人間の一人一人をもっと詳しく調べたいな。三好治社長にかけあって、再度一人一人に話を聞かせてもらおう」

次の日、二海堂輝秋刑事は、バニラミント製菓社長の三好治に電話をかけた。

「バニラミント製菓社長の三好治さんですか」

「はい、そうですが」

「警察の二海堂輝秋ですが」

「うちの社員がお世話になりました」

「もう一度、電光人間結社のメンバーに、一人ずつ話を聞きたいのですが。こちらからバニラミント製菓さんにうかがいますのでお願いしたいのです」

「困りますね。みんな、仕事がいそがしいのですよ。協力できません。それにもう結社の十二人とはお話しをしたようですね。これ以上協力できません」

「あれ、そうだったかな。先日話を聞いたのは、十一人だったような……」

そんなおり、太田原捜査本部長が言った。

「カシオペア総合病院に入院している大沢一樹《おおさわかずき》くんが、面会できる状態になったと連絡があった。二海堂刑事、すぐ行ってくれないか」

二海堂刑事は、三好治社長に礼を述べて電話を切り、言った。

「わかりました。すぐ行きます」

二海堂刑事は、大沢一樹と面会した。

二海堂刑事は、言った。

「君を襲った人は、どんな人だった？」

大沢一樹は、答えた。

「黒っぽい服装で、帽子を深くかぶっていました」

二海堂刑事は、メモを取りながら言った。

「電飾のついた服は着ていなかったか」

大沢一樹は、ベッドに寝たまま答えた。

「着ていませんでした。いきなり刺されたんです。でも、電飾をつけた人が歩いているのを見ました」

二海堂刑事は、言った。

「なるほど」

再び二海堂刑事は、言った。

「犯人は、必ず私が捕まえてやる。ゆっくり休みなさい」

一方、二海堂輝秋の息子、二海堂航は、学校の授業が終わり、いつものように栄星塾へ行った。グループ学習のいつものテーブルへ着いた。

深田博之《ふかだひろゆき》が、やって来て言った
「こんにちは」

二海堂航は、言った。

「よろしく」

講師の小田切千尋《おだぎりちひろ》が、やって来た。

「こちら、新しく入った鬼頭求《きとうもとむ》さんです。学年はあなた方と同じです。一所懸命努力しましょう。これまで来ていた中川さんは塾を辞めました。それでは、鬼頭さんから自己紹介をお願いします」

鬼頭は、言った。

「星空小学校六年の鬼頭求です。今日から一緒に勉強をします。よろしくお願いします。父は、バニラミント製菓に勤めています」

二海堂航が、言った。

「二海堂航と言います。ぼくも星空小学校に通っています。でも会ったことがないよね。クラスが離れているのかな。父は公務員です」

深田が、言った。

「深田博之と言います。カシオペア小学校の六年です。父は会社員で、化学工場に勤めています」

小田切先生が、言った。

「はい、私は、英語、国語担当の小田切千尋と言います。月曜日、水曜日、金曜日の担当です。それでは始めましょう。

この問題を解いてみましょう。声に出しても、紙に書いてもかまいませんよ」

四月の初めから来ている二海堂航と深田博之はもう慣れたが、新しく入ってきた鬼頭求は、緊張しているようだった。

やっと塾が終わった。

小田切先生は、言った。

「最近、事件が二件ありました。気をつけて帰ってください。まだ犯人は捕まっていませんん。警察の人が出てくれてはいますが、くれぐれも気をつけて帰宅するように」

深田は、言った。

「先生、さよなら」

二海堂航、鬼頭求にもさよならと言って、先に出て行った。

二海堂航は、言った。

「鬼頭さん、どっちの方向へ帰りますか」

鬼頭求は、言った。

「星空公園を抜けて次の交差点を左へ行きます」

二海堂航は、言った。

「それじゃあ、途中まで一緒に行きましょう。僕も星空公園を抜けて行くんです。それじゃあ、先生さようなら」

鬼頭求も、先生にさようならと言って、二海堂航と一緒に栄星塾を出た。

二海堂航は、言った。

「鬼頭さんは、何組？」

鬼頭求は、言った。

「三組だよ。二海堂さんは、何組？」

二海堂航は、言った。

「一組だよ」

二人は、並んで歩いた。

鬼頭求は、言った。

「それじゃあ、担任は中村先生？」

二海堂航は、言った。

「そうそう。中村先生だよ。あの先生、落語が好きでおもしろい先生だよ。三組の担任の先生は？」

鬼頭求は、言った。

「太田先生だよ」

二海堂航は、言った。

「きびしそうな先生だね」

鬼頭求は、言った。

「別にそうでもないけど、まあまあだね。栄星塾の小田切先生は、どんな先生？」

二海堂航は、言った。

「さっき会った通り普通の先生だよ」

鬼頭求は、言った。

「小田切先生ってネズミ男に似ているね」

二海堂航は、言った。

「あ、失礼な。けっこういい先生だよ」

鬼頭求は、言った。

「いや、顔立ちがだよ」

二海堂航は、言った。

「顔立ちなんて関係ないよ」

二人は話しながら歩いているうちに、星空公園を通り抜けた。

星空公園を抜けると、星空工業地帯の工場が立ち並でいる。そこは塀が続き常夜灯だけが辺りを照らしていた。交差点で二人は別れた。

二海堂航は、毎日が充実していた。鬼頭求という新しい友達もできたからである。

栄星塾の休憩室では、よく二海堂航と鬼頭求は話をした。

二海堂航は、言った。

「鬼頭くん、缶ジュース飲むかい。おごるよ」

鬼頭求は、言った。

二海堂航は、休憩室に置いてある自動販売機で缶ジュースを二つ買った。二人は、

「ありがとう」

テーブルを挟んで椅子に座った。

二海堂航は、言った。

「鬼頭さんのお父さんって、バニラミント製菓でどんな仕事しているの？」

鬼頭求は、言った。

「菓子の製造をしているよ。父は、工場の勤務なので。会社っていろんな人が働いているだろう。事務員もいれば、営業社員もいる。父は、菓子の製造をする現場の社員なんだ」

二海堂航は、言った。

「それじゃあ、いわば、パティシエなんだね」

鬼頭求は、言った。

「そう、菓子職人だよ」

二階堂航が、言った。

「お菓子を作るのが、好きなんだ？」

鬼頭求が、言った。

「父は、本当は、パティシエは好きじゃなかったんだ。でも、仕方なくパティシエをやっているらしいよ。父から聞いた話だけど、この栄星塾という学習塾は、とても古くからやっていて、父も高校時代、お世話になった学習塾なんだ。父がここに通っていた頃、栄星塾は広い教室に大勢生徒を入れて、講義をして教えていくやり方だったらしいよ。塾は、暗記ばかりさせていたんだって。父の成績はなかなか上がらなかった。結局、三流の大学へ行くことになって」

二海堂航は、言った。

「今は、暗記ばかりじゃないね」

鬼頭求は、言った。

「バニラミント製菓に入ってから、父は母と結婚して、二人で電光人間結社を立ち上げた。電光人間結社は、バニラミント製菓の労働組合のようなもので、バニラミント製菓の社長も認めているんだよ」

鬼頭求の話が終わると、二海堂航は言った。

「それなら、よかったじゃあないか」

鬼頭求は、言った。

「バニラミント製菓の社長はスポーツが好きな人で、若い頃、陸上をやっていたみたいなんだ。父も陸上をやっていたからいいみたい」

二海堂航は、言った
「そうか、そんな共通点があるんだね」

鬼頭求は、言った。

「でも、父は、栄星塾にまだいい印象はないみたい。よく栄星塾のことを聞かれるんだ。まず、生徒三人に先生一人のグループ学習をしていると話したよ。

ところで、二海堂さんの父親は公務員て、何をしている人？」

二海堂航は、言った。

「えー、秘密だよ。でもお父さんが、バニラミント製菓へ入社したから、お母さんと出会ったんだからこれも運命だよ。鬼頭求くん、君が存在するのも運命だったんだよ」

鬼頭求は、言った。

「そりゃあ、そうだな。二海堂くんのお父さん、秘密って何だよ。教えろよ」

二海堂は、言った。

「僕の父のこと、ちょっと教えられないんだ」

鬼頭求は、言った。

「まあ、いいさ。そんなに秘密にしたいなら」

第三章　電光人間の調査

刑事の二海堂輝秋は、電光人間のメンバーがわかったところで、一人一人を詳しく調べることにした。

そして、電光人間と呼ばれる十二人の中に犯人がいるとよんでいた。

バニラミント製菓社長の三好治はスポーツが好きで、マラソンの選手だった。

そこで、バニラミント製菓では、社長の考えで、スポーツの経験のある人を雇い入れていた。

まず、電光人間E南川大聖は、学生時代陸上の選手だった。出身高校の小笠原先生に話を聞くことができた。ハードルを得意とする選手で、不審な点はなかった。

次に、二海堂刑事は、電光人間F中山雷太の身辺を聞き込み調査した。中山雷太は、学生時代レスリングの選手だった。出身大学の若葉大学のレスリング部監督に話を聞くことができた。

小川監督は、言った。

「中山雷太というともう卒業して五年経つな。ただ、身長が一メートル九十あって、体のでっかい選手で記憶に残っている。フリースタイルの一番重い階級をやっていたが、練習中腰を痛めて、結局予選落ちが続いてしまいだめだった」

二海堂刑事は、言った。

「性格的にはどうだったんですか。覚えていませんか」

小川監督は、言った。

「荒っぽい、気性の激しい性格でした。負けた時は悔しがっていました。でも、人に害を加えるようなことはないと思います。

確か、バニラミント製菓へ就職したと思います。あそこは、社長がスポーツマンを

優先的に採用する会社ですから」

二海堂刑事は、言った。

「人間関係はどうでしたか」

小川監督は、言った。

「特に問題はなかったと思います」

二海堂刑事は、言った。

「ありがとうございました」


さらに、二海堂刑事は、電光人間G林田光晴を調べた。

林田光晴は、少年時代から少年サッカースクールに所属していて、プロサッカーの選手が目標だった。そして、高校時代にはセンターフォワードをやっていた。何点もゴールを決めインターハイでは三位の成績をおさめた。

しかし、プロのサッカーチームから声はかからなかった。高校を卒業すると、バニラミント製菓へ就職した。もう十年も、バニラミント製菓に勤めていた。

不審な点は、特になかった。

二海堂刑事は、今度は、電光人間H保田明日美を調べた。

保田明日美は、元フィギュアスケートの選手だった。星空アイスアリーナへ聞き込みに行った。三橋監督に話を聞くことができた。

二海堂刑事は、言った。

「三橋監督、保田明日美さんはどんな選手でしたか」

三橋監督は、言った。

「小学校五年の時から、星空スケート教室に来るようになった生徒で、運動をするのが好きな生徒でした。三回転ジャンプが得意だったようです。でも、それがかえって、あの選手をだめにしてしまったのです。とにかく体を動かしてトレーニングするのが好きなので、自宅では、毎日筋肉トレーニングをやっていたようです。体が重くなってしまい、体のバランスを崩してしまったのか、回転不良をよくとられるようになりました。高校卒業と同時にフィギュアスケートは、やめたようです。

でも、女子大を出てバニラミント製菓へ就職したと聞いています。会社では、事務員をやっていると言っていました」

二海堂刑事は、言った。

「そうですか、それで性格はどうでしたか」

三橋監督は、言った。

「いい子でしたよ。素直だし」

二海堂刑事は、言った。

「そんないい子だったら男性が放っておかないでしょう。男性関係はどうでしたか」

三橋監督は、言った。

「知りません」

二海堂刑事は、言った。

「ありがとうございました」

二海堂刑事は、電光人間ー岸沼未来也について調べた。

彼は、学生時代野球をやっていた。出身高校の野球部の監督から話を聞くことができた。昨年入社したばかりの若い社員だった。

二海堂刑事は、言った。

「去年卒業した生徒で、岸沼未来也という生徒を知りませんか」

下川監督は、言った。

「おお！　知っているよ。四番を打っていたんだ。ポジションはサード。高校時代四十本ぐらいホームランを打ったかな。でもプロへすすむ気はなかったらしい。高校時代の思い出で充分だと言っていました。バニラミント製菓へ就職したのですよ」

二海堂刑事は、言った。

「はい。就職先はわかっています。人間関係はどうでしたか」

下川監督は、言った。

「まじめな子で、問題はなかったです」

二海堂刑事は、言った。

「性格はどうでしたか」

下川監督は、言った。

「一口で言っておとなしい子でした」

二海堂刑事は、言った。

「ご協力ありがとうございました」


二海堂刑事は、電光人間J秋野時紀に調査を進めた。

秋野時紀は、四十五歳になるバニラミント製菓ではベテランの社員で、学生時代は柔道をやっていた。

高校時代には、インターハイ、大学時代には、国体へ出場したことのある人物だった。得意技は内股であった。しかし、やはり腰を痛めて、優勝はできなかった。

バニラミント製菓へ入社して、工場に勤務していた。妻と子供が二人いた。

不審な点は、特になかった。


さらに二海堂刑事は、聞き込み調査を電光人間K近藤加芸樹に進めた。

近藤加芸樹は、バニラミント製菓に入社して五年めだった。電光人間H保田明日美と交際しているという噂があった。

彼は、学生時代はサッカーをやっていたようである。しかし、怪我をして、実力も衰え、バニラミント製菓へ入社したのだった。ポジションはミッドフィルダーだった。ある試合の時、相手の選手と競り合った。その時、ショルダーチャージを仕掛けられ、足が相手の足とからみ倒れた。彼は足にダメージを受けた。しかし、我慢して試合に出続けた。試合は味方のがんばりもあって勝った。しかし、近藤加芸樹は、試合後病院へ行った結果、左足を骨折していた。その後、回復はしたが、もうサッカーはできなかった。

性格はいたって温厚であるということであった。そして、誠実であった。

彼も、不審な点は特に見あたらなかった。

つづいて電光人間D柏川萌の調査をした。

元バニラミント製菓の事務員で、現在は、栄星塾の数学の講師をしていることがわかった。

学生時代は陸上の選手だった。教員の資格を取ったものの就職の口はなく、元スポーツ選手を採用しているバニラミント製菓に就職したのである。

しかし、栄星塾の講師の募集があり、バニラミント製菓を退職して栄星塾へ移ったのである。

バニラミント製菓は退職したが、電光人間結社の名簿にはまだ名前が残っているようだ。

二階堂刑事は、バニラミント製菓と栄星塾の両方に関わりのある柏川萌は、要注意人物だと思った。


二海堂刑事は、バニラミント製菓営業課長の大隈吉人《おおくまよしと》から話を聞くことができた。

二人は、レストランで面会した。

二海堂刑事は、言った。

「お忙しいところ、呼び立ててしまって申し訳ありません。殺人事件の捜査をしているものですからご協力をお願いします」

　大隈営業課長は、言った。

「恐いですね。犯人を早く逮捕してください。私の知っていることは協力します」

　二人は、ミートスパゲティを注文した。

　二海堂刑事は、言った。

「小谷星也について、教えてください。彼は片足義足をつけているようですが、どうしたのでしょうか」

　大隈営業課長は、言った。

「交通事故ですよ。高校三年の時だそうです。彼は、歩道を歩いていたのですが、猛スピードで車がつっこんできたのです。相手の運転手は酒を飲んでいたようです。小谷さんは重傷で、右足の膝から下を失いました。だから、右足は義足なのです。治療のため、高校も一年留年しました。彼は陸上部に所属していまして、同じ高校の先輩でうちの会社に勤めている、やはり陸上部に所属していた山崎剛也の伝手《つて》でバニラミント製菓へ入社しました。製造のほうでできる仕事をやってもらっています。製造課長の貝塚達也も、若い頃陸上をやっていた人なんですよ。貝塚さんが面倒を見てますよ。

山崎剛也は、営業をやっている私の部下です。

電光人間結社では、小谷星也君が電光人間L、山崎剛也君が電光人間Cだと思います。課長のわたしは、経営者側として電光人間結社には入れませんから」

二海堂刑事は、言った。

「なるほど、それでは、あなたの部下の山崎剛也について教えてください。彼はどういう人なのですか」

大隈営業課長は、言った。

「山崎剛也は、営業社員です。山崎剛也が三十二歳、小谷星也が三十一歳だと思います。二人とも短距離をやっていたようです。二人とも既婚で、子供もいます」

二海堂刑事は、言った。

「それで、性格はどうなんですか」

大隈営業課長は、言った。

「二人とも普通ですね」

二海堂刑事は、言った。

「何か気になることはありませんか」

大隈営業課長は、言った。

「特にありません。でも、うちの社員の趣味は、全員スポーツなんですよ。三好治社長が、そういう方針ですから」

二海堂刑事は、言った。

「三好治社長は、スポーツは何をやられていたのですか」

大隈営業課長は、言った。

「やはり陸上です。若いころはマラソンの選手だったそうです」

二海堂刑事は、言った。

「労働者側が電光人間結社なら、経営者側は何人いるのですか」

大隈営業課長は、言った。

「四人です。三好治社長、大谷善子事務課長、貝塚達也製造課長、そして私、大隈吉人、営業課長です」

二海堂刑事は、言った。

「労使関係はどうですか。そして、最近会社で問題になっているようなことはありませんか」

大隈営業課長は、言った。

「労使関係は良好だと思いますよ。最近、話題になっていることと言えば、保田明日美と近藤加芸樹が結婚するようです」

二海堂刑事は、言った。

「それは、おめでたいですね。日取りを教えてもらえませんか」

大隈営業課長は、言った。

「六月十六日です」

二海堂刑事は、言った。

「ジューンブライドですね。式場はどこですか」

大隈営業課長は、言った。

「星空会館ですよ。十時からです」

二海堂刑事は、いろいろメモを取っていたが手を止め、ミートスパゲティーを食べ始めた。

大隈営業課長もミートスパゲティーを食べた。

食べ終わると、二海堂刑事は言った。

「捜査ご協力ありがとうございました」

大隈営業課長は、言った。

「どういたしまして」

二階堂刑事は、言った。

「ここは私が支払います」

二人は、レストランを出て、別れた。


栄星塾に遅れて五月から来ている鬼頭求は、五月の末になりかなり慣れてきた。二海堂航とは、よく話をした。

鬼頭求は、言った。

「なかなか勉強はむずかしいね」

二海堂航は、言った。

「復習するしかないね」

鬼頭求は、言った。

「父も栄星塾に世話になったって言うけど、やり方が変わったようだね。昔は暗記ばかりだったけど、今はそうではないね」

二海堂航は、言った。

「昔よりはずい分良くなったようだよ。ところで、夕方、電飾を体につけて歩いているの、あれが電光人間なの？　バニラミント製菓のお菓子の名前が書いてあるよね」

鬼頭求は、言った。

「そうだよ。あれが電光人間だよ。両親が勤めている会社の商品を宣伝しているんだ」

二海堂航は、言った。

「電光人間って、かっこいいね」

　鬼頭求は、言った。

「電光人間結社には、小学生、中学生は入れないんだ。バニラミント製菓の社員でないと会員になれないことになっている。父が電光人間A、母が電光人間Bなんだ」

　二海堂航は、言った。

「バニラミント製菓のチョコ饅頭は、評判がいいね。美味しいってみんな言っているよ」

　鬼頭求は、バッグからチョコ饅頭一個と、バニラベリークッキーを一個出して、二海堂航に差し出した。

　鬼頭求は、言った。

「チョコ饅頭は、貝塚達也さんっていう菓子職人がおもになって製造しているバニラミント製菓のヒット製品だって父が言ってた。バニラベリークッキーというのは、父が開発したお菓子。今、売り込み中。電光人間が胸と背中に電飾をつけて宣伝しているんだ」

二海堂航は、言った。

「売れるといいね」

鬼頭求は、言った。

「売れるに決まっているさ。美味しいもん」

二海堂航は、言った。

「おやつには、もってこいだよね」

そんなことを言いながら言葉が少なくなり、それでも二人で並んで歩いた。そして別れた。


二海堂航は、家へ着くと、父、二海堂輝秋が帰っていた。

二海堂輝秋は、言った。

「おかえり。学校や塾の様子はどうだ」

二海堂航は、言った。

「別にかわりないよ。ただ塾で新しい友だちができた。鬼頭求くんっていうんだ。鬼頭求くんの両親はバニラミント製菓に勤めていて、夕方、体に電飾をつけて宣伝したりしているんだって。帰る方向が途中まで同じだから、一緒に帰ってきた」

二海堂輝秋は、言った。

「えっ！　航、お前の友だちの両親が電光人間なのか。電光人間は事件に関わっているかもしれないんだ。気をつけなさい」

一方、電光人間D柏川萌は、栄星塾で数学を教えていた。電光人間A鬼頭錨に栄星塾の様子を報告するように言われていたので、現状を報告した。

栄星塾は、いろいろな学年を幅広く受け入れている塾だ。小学生だけでも生徒三人ずつのグループが十グループあった。栄星塾の会長である高岡真徳は、物理・化学担当でもあった。

高岡桂子《たかおかけいこ》は、生物・地学担当で、会長の妻であった。

小田切千尋は、英語・国語担当だった。

福峰政夫《ふくみねまさお》は、地理・歴史・公民担当だった。

そして、数学担当の柏川萌がいた。

講師の勤務時間は、十六時から二十四時の八時間だった。月曜日から金曜日の五日間で、土曜、日曜は休みだった。

栄星塾は五階建てで、一階に事務所と休憩室があった。休憩室には、自動販売機と、テーブルとイスが何脚か置かれていた。二階から五階は広い部屋をつい立てで五部屋に仕切ってあるだけだった。各教室にテーブル一台とイス四台が置かれていた。

そして、実際、講師が生徒と接している時間は、十七時三十分から十八時三十分の部の一時間と、十九時三十分から二十時三十分の部の一時間であった。

生徒は学校が終わってから通ってくるので、このような時間割はいたしかたなかった。

さらに、事務員が数人いた。防災担当は会長で、物理・化学を教えている高岡真徳と、地理・歴史・公民を教えている福峰政夫が行っていた。

電光人間Ｄ柏川萌から電光人間Ａ鬼頭錨への報告が終わった。

電光人間Ａ鬼頭錨は、言った。

「ご苦労さま。さらに高岡真徳会長の生活パターンを教えてもらえないかな」

　電光人間D柏川萌は、言った。

「わかりました」


　バニラミント製菓では、製造担当の電光人間K近藤加芸樹と、事務担当の電光人間H保田明日美の結婚式が行われる。

　刑事の二海堂輝秋は、言った。

「近藤さん、結婚式に私を出席させてほしいのです。事件の捜査ですので、詳しいことは今は言えませんが……。結婚式に招待してください。お願いします」

　近藤加芸樹は、言った。

「わかりました。招待しましょう」

　二海堂刑事は、言った。

「ありがとう。近藤さん」

　そして、六月十六日十時から、星空会館で二人の結婚式が行われ、二海堂刑事も出

席した。もちろん電光人間結社のメンバーも出席していた。

まずは、教会で新郎、新婦の入場。

二海堂刑事は、鋭い目つきで辺りを見まわした。それは、まるでキングコブラが怒っている時の目つきに似ていた。

式は順調に進み賛美歌が歌われた。そして、結婚式は、披露宴へと進んでいった。

二海堂刑事の席は一番端にあった。一番端の席から鋭い眼差しで部屋中を見まわした。

近藤加芸樹は、つぶやいた。

「まるで、キングコブラだ」

二海堂刑事の目つきは血の気が引くような恐ろしさだった。それでも、披露宴は順調に進んだが、みんな、二海堂刑事とは、目を合わせなかった。

今度は、保田明日美が、小さな声で言った。

「キングコブラのようだわ」

結婚式は、順調に終わった。

近藤加芸樹と保田明日美は思った。もしかすると、この間の事件で電光人間がうたがわれているのかもしれない。

この中に犯人がいるとしたら切なかった。いるわけがない。そう思いながら、二海堂輝秋刑事に挨拶した。

「ご苦労さまでした」

二海堂刑事は、言った。

「お幸せになってください」

第四章　怪文書

栄星塾会長の高岡真徳の自宅の前、またはそばでは、私服の警察官がたえず見張っていた。

この日は、日曜日、二海堂輝秋が見張っていた。

午前九時、高岡真徳が自宅を出てきた。スポーツウエアを着て、スポーツシューズをはいていた。他の警官から報告を受けていたが、高岡は、毎週日曜日に悪天候でない限りウォーキングに出ていた。健康のためである。二海堂刑事は、この日は尾行することにした。すでにコースは他の警官から報告をうけていたが、自分で確認しておきたかったからである。五十分程のコースである。九時五十分、自宅へ戻ってきた。

二海堂刑事は、高岡真徳が自宅へ入るのを確認して、再び任務に就いたが、この日は、異常はなかった。


栄星塾では、電光人間D柏川萌が、高岡桂子に話しかけていた。

「高岡桂子先生、いつもお元気ですね」

高岡桂子は、言った。

「どういうわけか、体だけは小さい頃から丈夫なのよ」

柏川萌は、言った。

「高岡会長は、どうですか」

高岡桂子は、言った。

「あの人も健康よ」

柏川萌は、言った。

「夫婦で、健康ならいいですね。何か健康のためにされていることあるんですか」

高岡桂子は、言った。

「私は何もしていないけれど、あの人は、日曜日にウォーキングをしているわ」

柏川萌は、言った。

「ウォーキングって、コースはどこを歩いているのですか」

高岡桂子は、言った。

「私も一、二回、主人と一緒に歩いたことあるけれど、怨念川の川沿いよ。幸福橋から怨念川の土手へ降りて、無常丘橋の方向へ歩いて、無常丘橋まで行ったら土手を上がって、あとは無常丘通りを帰ってくるの。五十分ぐらいで行ってこられるわ」

柏川萌は、言った。

「川の土手って気持ちいいですものね」

高岡桂子は、言った。

「ええ」

さっそく、電光人間D柏川萌は、会長の妻でもある高岡桂子から聞いた話を電光人間A鬼頭錨に報告した。

電光人間A鬼頭錨は、高岡真徳のウォーキングコースを確認した。

ある日、栄星塾で鬼頭求が怪しげな手紙を見ていることに、二海堂航は気がついた。

隣の席に座った二海堂航は、鬼頭求に言った。

「その手紙は何?」

「父へ渡すようにたのまれた手紙なんだけど、それが読めないんだよ。暗号で書いてあるらしくてわからないんだ」

二階堂航は、言った。

「読んでみたいな」

そして、鬼頭求がトイレに立ったときに、二海堂航は手紙を書きうつした。

いったい何だろう。この文書全然わからない。そのうちに鬼頭求が戻ってきた。

二海堂航は、言った。

「昨日の授業わかった?」

鬼頭求は、言った。

「よくわからないね。わからないのは、理由もへったくれもないよ。どんどん覚えるしかないんじゃないかな」

二海堂航は、言った。

「そうかな。そうでもないんじゃないの。何か法則があるかもしれない」

そこへ同じグループの深田博之がやって来て、席に着いた。

三人そろったところで時間になり、講師の小田切千尋が教室に入ってきた。

小田切先生は、言った。

「こんばんは。それでは始めます」

それから約一時間、栄星塾の授業が終わった。三人は、休憩室へ降りてきた。

深田博之が、言った。

「二海堂さん、鬼頭さん、休憩室で休んで帰ろうよ」

鬼頭求は、言った。

「いいよ」

二海堂航は、言った。

「いいよ」

深田博之は、自動販売機でお茶を買って、椅子に座った。鬼頭求と二海堂航も、お茶を買って同じテーブルについた。

深田博之は、言った。

「星空公園とカシオペア公園の殺人事件の犯人、つかまらないな」

鬼頭求は、言った。

「父の勤めている会社の人の結婚式があってさ。父が出席したんだけど、刑事さんが来ていたんだって。まるでキングコブラに見張られているかのようだったって。目つきがすごく鋭いんだって」

二海堂航は、そりゃあ僕の父さんだと思いながら聞いていたが、言った。

「警察は一所懸命犯人捜しをしているんだ。きっとそのうち犯人はつかまるさ」

鬼頭求は、言った。

「おかげで、結婚式は、はめを外す人もいなくて順調に終わったって、父が言ってた。でも、そこまで警察が関与する必要ないんじゃないかと思うよ。せっかくの結婚式なのに、ぎくしゃくしてしまうよ」

深田博之は、言った。

「もう六月だ。殺人事件があったのは四月だ」

二海堂航は、言った。

「電光人間が怪しいって思われているみたい」

鬼頭求は、言った。

「それ、誰から聞いたの」

二海堂航は、言った。

「あ、しまった。口が滑った。実は、自分の父は警察に勤めているんだ。秘密にしておいてよ」

鬼頭求は、言った。

「もちろん。でも、やはり電光人間は疑われているんだ」

二海堂航は、立ち上がりながら言った。

「鬼頭さん、途中まで一緒に帰ろう」

鬼頭求も、立ち上がりながら言った。

「いいよ」

深田博之は、お茶を飲み終えて言った。

「じゃあ、お先に」

二人は、星空公園を抜けるところまで一緒に行き、別れた。

星空には、三日月が輝いていた。


町では、電光人間の姿が時々見かけられた。帽子をかぶり、顔と頭をすっぽり覆面で覆い、目と鼻のところだけまるく穴が開いている。体はつなぎのような服を着ている。頭から足まで真っ黒の服である。それに電飾がつけられて、胸と背中には〝バニラベリークッキー〟と光り輝いている。

コースが六通りあって、それをそれぞれの電光人間が歩いて回るのである。そして、バニラミント製菓の一室へ戻ってきて、着替えて解散していた。

電光人間のキラキラ輝く光は、ダイヤモンドのようだった。

二海堂航は、家へ帰ると、鬼頭求の見ていた怪文書を広げて見た。

3214×3214×……＝？
がちしつこ　ゆじにうれ　にちいちは
よちにうあ　おかたかん　のさまりご
ろこをすう　ぽんさのと　ゆちとうけ
よじむうる　ばかおしか　んきふでな

この文章は、全くわからない。暗号だ。解読しなければいけない。二海堂航は、そう思った。

しかし、ひらがながただ並べられているかのようだ。どうしてもわからない。

そこへ父、二海堂輝秋が帰ってきた。

二海堂航は、聞いた。

「鬼頭求くんが見ていた手紙を書きうつしたんだけど、さっぱり意味がわからないんだよ。これどうしたらいいかな」

二海堂輝秋は、言った。

「どれどれ、見せてみろ」

二海堂航は、怪文書を父に見せた。

二海堂輝秋は、怪文書を見て言った。

「これは、暗号だな。航、お前、解読してみたらどうだ。でも、今日はもう遅い。もう寝なさい」

二海堂航は、言った。

「わかった。今度の日曜日にやってみるよ」


日曜日、二海堂航は暗号の解読を進めていた。

このかけ算の式はなんだろう……？　文字は、5文字ずつ区切られて書いてあるぞ。

3214×……。「3」は3番目に書いてある文字かな。すると、「2」は2番目の文

postage

字、「1」は1番目の文字、「4」は4番目の文字かな。この順番通りに並びかえて読むと「しちがつ」。「×」は「かける」じゃなくて「バツ」だ。5番目の文字は読まないんだ。

そうすると……

しちがつ　にじゅう　いちにち
にちよう　たかおか　まさのり
をころす　さんぽの　とちゅう
むじょう　おかばし　ふきんで

「七月　二十　一日　日曜　高岡　真徳　をころす　散歩の　途中　無常　丘橋　付近で」

二海堂航は、言った。

「お父さん！　暗号の内容がわかったよ」

二海堂輝秋は、この内容を見て言った。

「この文書、本当に鬼頭求くんが持っていたのか」

二海堂航は、言った。

「本当だよ」

二海堂輝秋は、言った。

「これは殺人計画だぞ。高岡真徳は栄星塾の会長だ。この紙と暗号の解読メモを持って行くよ、航。小学六年生の子どもの遊びだとも言い切れない、注意しよう」

二海堂航は、言った。

「鬼頭求くんがしようとしているの？　やめさせなきゃ」

二海堂輝秋は、言った。

「警察にまかせるんだ！　これを計画しているのは、小学生の鬼頭求くんではないはずだ。他に犯人がいるに決まっている。航、これはとても危険なことなんだよ」

二海堂航は、言った。

「わかったよ」

七月二十一日、日曜日、私服の警察官があちこちに張り込んでいた。

栄星塾の会長、高岡真徳が家を出てきた。見張っていた警察官が、すぐ携帯電話で無常丘橋付近にいる警察官に連絡した。

「こちら高岡邸、高岡真徳氏が家を出ました」

「了解」

高岡真徳は、いつものようにウォーキングに出かけたのだ。十五分で幸福橋のそばの階段を降りて、怨念川の土手に出た。土手を無常丘橋へ向かって歩いた。

この日、七月二十一日は、快晴だった。夏も真っ盛りといったところで、風もあまりなく暑い。高岡真徳は、半そでのスポーツウエアを着て、ウォーキングシューズをはいていた。

その高岡真徳の二メートル後ろにカップルが現れた。実は、私服の男性警官と婦人

警官だった。いかにも、恋の真っただ中にいるように偽装して、歩いてついてきている。高岡真徳との間隔も、たえず離されないようについていった。

無常丘橋付近に来ると、ホームレスらしき男が座り込んでいた。実は、このホームレスらしき男も偽装した警察官だった。

高岡真徳は、別段難なく無常丘橋のそばの石段をのぼって無常丘通りに出て、帰宅した。高岡邸を見張っていた警察官は、すぐ二海堂輝秋刑事に携帯電話で連絡した。

「二海堂刑事、高岡真徳氏が家に入りました」

二海堂刑事は、言った。

「了解。本署へ戻るように」

捜査本部長の太田原は、二海堂刑事に携帯電話で言った。

「二海堂刑事も、その他の警官も、すぐ本署へ引き上げてくれ。作戦会議だ」

二海堂刑事は、携帯電話で言った。

「はい、わかりました」

二海堂刑事やカップルに偽装していた警官、ホームレスに偽装していた警官、その他の警官も、みんな本署へ戻った。

作戦会議が、開かれた。

太田原捜査本部長は、言った。

「何も起こらなかったじゃないか」

二海堂輝秋は、言った。

「申し訳ありません。うちの息子が、鬼頭求くんから手に入れたと言うものですから。子供のいたずらだったのでしょうか。それとも警察が見張っているのを感づかれたのでしょうか」

太田原捜査本部長は、言った。

「いずれにせよ、高岡真徳会長が狙われていることは、間違いないだろう。星空公園で栄星塾の宮森先生殺害の手口は、心臓をナイフで一突きにされている。そして、カシオペア公園で栄星塾の生徒、大沢くん殺人未遂の手口もナイフで切りつけられている。使用されたナイフは発見されていない。犯人が持ち帰ったらしい。ただあるのは、電光人間が歩いているのを見たという情報だけだ」

二海堂輝秋は、言った。

「電光人間に関しては、聞き込み調査、張り込み調査をかなりやってはいるが、はっきりしたことはわからない。もしかすると、犯人は電光人間以外にいるのかもしれない」

太田原捜査本部長は、言った。

「聞き込み調査は、これ以上やってもむだかもしれない。栄星塾とバニラミント製菓に張り込み、パトロールをしよう。とにかく次の事件だけは、阻止するんだ。二度あることは三度あると言う。第三の事件だけは起こさせるな。

まず、これまで通り高岡真徳氏を見張るんだ。二海堂くん、子供の探偵ごっこに惑わされるんじゃあないよ」

二海堂輝秋は、つぶやいだ。

「子供の探偵ごっこって……」

二海堂輝秋は、首をかしげ、気まずそうな顔をした。

太田原捜査本部長は、言った。

「それでは、解散」

二海堂輝秋は、今度は、栄星塾のほうをパトロールすることにした。高岡真徳は、別の警官が見張っていた。さらに、高岡真徳の家の電話にはマイクが設置された。高岡邸の全通話を警察が聞いていた。

しかし、犯人からの電話への連絡はなかった。


二海堂航は、七月二十二日、月曜日、学校が終わって栄星塾へ移動した。すると、鬼頭求が、知らない人と一言、二言、話して、手紙のようなものを受け取って栄星塾へ入った。その後から、二海堂航は栄星塾へ入った。

教室へ入って着席すると、すぐさま二海堂航は話しかけた。

「ねえ、鬼頭くん。さっきの人、だれ？」

鬼頭求は、答えた。

「あの人、電光人間Mだよ。父の幼なじみの人」

二海堂航は、言った。

「え？　電光人間Ｍ？　あの人も電光人間なの？　名前は？」

鬼頭求は、言った。

「竹村竜一《たけむらりゅういち》さん」

二海堂航は、言った。

「何か手紙をもらったようだね」

鬼頭求は、言った。

「また父へ渡す手紙だよ。それより、昨日は大勢人がいたね。何か事件でもあったの？　無常丘橋付近から無常丘通りの辺り、なにかおかしかったよ」

二海堂航は、顔を近づけて、小声で言った。

「高岡真徳先生が、襲われる予告があったんだ」

鬼頭求は、言った。

「えー、そうなの」

二海堂航は、言った。

「その電光人間Ｍから受け取った手紙、読んだ？」

鬼頭求は、言った。

「それが、読めないいんだよ。暗号で書いてあるらしくてわからないいんだ」

二海堂航は、言った。

「えー。お父さんから暗号の説き方、教わってないの?」

鬼頭求は、言った。

「父は何にも教えてくれないんだ。僕は、ただ電光人間Mの竹村竜一さんから時々手紙をもらって父に渡しているだけだよ。暗号で書かれていて意味がわからないいんだ」

二海堂航は、言った。

「今日、もらった手紙も見せてよ」

鬼頭求は、言った。

「いいよ。すぐ返してくれるのなら」

二海堂航は、言った。

「コピーさせてくれ」

鬼頭求は、言った。

「うん。二海堂さんは、信用しているからいいよ」

二海堂航は、手紙を預かってコピーをした。そして、鬼頭求に返した。

そこへ深田博之がやって来た。

「こんばんは」

鬼頭求と二海堂航は、言った。

「こんばんは」

この日は、理科の授業の日だった。担当の高岡真徳がやって来た。やがて、一時間の授業が終わった。

いつものように、二海堂航と鬼頭求は途中まで一緒に帰った。

二海堂航は、言った。

「暗号文の解き方、教えてあげるよ」

鬼頭求は、言った。

「うん、教えて」

二海堂航は、言った。

「この数字の順番で読んでいくんだ。『×』は『かける』じゃなく『バツ』だよ。5番目の文字は読まない。5文字ずつこれをくり返していくんだ」

やがて、星空公園を過ぎたところまで来ると、いつものように別れた。

二海堂航は帰宅すると、さっそく手紙を解読した。

3142×3142×……=？
いつけさえ　おいおぜむ　てるでいよ　ゆしちうり

けいさつ　おおぜい　でている　ちゅうし

「警察　大勢　出ている　中止」

やはり高岡真徳先生の暗殺計画はあったのだ。ただ昨日は警察が見張っていることを犯人に気づかれてしまっていたので、何も起こらなかったのだ。どうして気がついたのだろうか。変装していたはずなのに。無常丘通りにパトカーが一台置かれていたにはいたのだが。あのパトカーで犯人は殺人を中止したのか。なかなかしぶといやつだ。

二階堂航は、すぐ父に暗号文書を渡して、言った。

「暗殺計画は本当にあったんだよ。ただ犯人に、警察が見張っていることがばれて、何も起こらなかっただけだよ」

二海堂輝秋は、言った。

「航、警察にまかせなさいと言ったはずだよ」

二海堂航は、言った。

「手紙を渡した人、電光人間Mで、竹村竜一っていう人だって言ってたよ。鬼頭求くんのお父さんの幼なじみだって」

二海堂輝秋は、言った。

「電光人間Mだって？」

二海堂輝秋は、電光人間A鬼頭錨からもらった電光人間結社の社員名簿を調べてみた。電光人間L小谷星也の後、最後の部分に切り取られたような跡があった。

しまった。名簿の最後にもう一人、電光人間Mがいたのだ。電光人間A鬼頭錨のやつ、電光人間M竹村竜一を隠していたんだ。

はじめて話を聞いた時、Aグループは五人、Bグループは六人。話を聞くことができたのは十一人だった。その後、Aグループが六人で現れた時に鬼頭錨は、学生アルバイトを頼んだと答えた。しかし、あれは嘘で、Aグループの六人めは電光人間M竹村竜一だったに違いない。

そういえば、三好治社長が「もう結社の十二人とはお話しをしたようですね」と言っていた。こういうわけだったのか……。


捜査をすると、竹村竜一の素性がわかった。

電光人間A鬼頭錨と同じ高校の同級生で、そして、二人とも栄星塾で勉強をした仲だった。

これで、電光人間A、電光人間Mと栄星塾のつながりがわかった。

やがて小学校は夏休みに入った。しかし、学習塾に夏休みはない。夏期講習ということで、前半は復習、後半は予習が行われた。講習時間は学校が休みだからといって、変更されることはなく通常どおり、夕方から夜の時間帯に行われた。

そんなある日、竹村竜一が現れた。竹村竜一は、栄星塾の入り口の木陰に立っていた。二海堂航は竹村竜一の目の前を通過して、栄星塾へ入った。そして、一階の休憩室から外の様子をうかがった。

しばらくして、鬼頭求がやって来た。竹村竜一は、一言、二言言って、鬼頭求に手紙を渡した。鬼頭求が受け取るとすぐ、竹村竜一は行ってしまった。

鬼頭求は手紙をかばんに入れて、栄星塾へ入ってきた。

それをガラス窓越しに見ていた二海堂航は、話しかけた。

「鬼頭求くん。電光人間Mだね」

鬼頭求は、びっくりして言った。

「わあ！　なんだ見ていたのか」

二海堂航は、もう一度言った。

「電光人間M竹村竜一だね」

鬼頭求は、うなずいた。

二海堂航は、言った。

「手紙、見せて！」

鬼頭求は、黙ってかばんから手紙を出した。

二海堂航は、手紙をコピーした。まさか暗号文書が漏れているなんて、竹村竜一も鬼頭錨も知る由もなかった。鬼頭求の心はゆらめいていたが、殺人は良くないことだと確信していた。

暗号文書は、次の通りであった。

1342×1342×……＝？

はつちがで　じごゆうん　えいいせこ

じのゆくう　かにえりに　じうつこん

にすうつげ　えよんじん　をむたのだ

解読すると、

はちがつ　じゅうご　えいせい

じゆくの　かえりに　じつこう

にうつす　えんじよ　をたのむ

「八月　十五　栄星　塾の　かえりに　実行　にうつす　援助　を頼む」

二海堂航は、手紙を鬼頭求に返した。

そこへ深田博之が、やって来た。

深田博之は、言った。

「こんばんは。さあ、さあ、二人とも二階の教室へ行こうよ。講習が始まるよ」

二海堂航は、言った。

「うん」

鬼頭求もうなずいて、二人とも深田博之の後について二階へ行った。

いつものように講習が始まった。

そして講習会が終わると、いつものように二海堂航と鬼頭求は、一緒に星空公園を通って少し先まで行き別れた。

二海堂航は、電光人間M竹村竜一から電光人間A鬼頭錨への手紙のコピーを父の二海堂輝秋へ渡した。

二海堂輝秋は、言った。

「わかった。一応、気をつけていよう」

八月十五日がやって来た。二海堂航、鬼頭求、深田博之の三人は、いつものように講習会に出席し、帰るところだった。

「あ！　電光人間だ」

栄星塾の入口を出たとたん気がついた。三人は目を丸くしてうろたえた。

二階堂航が、言った。

「気をつけろ！　電光人間が現われると、殺人事件が起きる」

鬼頭求が、言った。

「変だな。電光人間が、二人一緒に歩いているぞ」

二海堂航は、言った。

「一人は女性のようだな」

鬼頭求は、言った。

「電光人間は、それぞれ決まったコースがあって一人ずつのはずなんだ。二人いっぺんに歩いているなんておかしいぞ」

深田博之が、言った。

「おい、おい、二人並んで手をつないだぞ」

二海堂航は、言った。

「まるで、カップルの電光人間だ」

鬼頭求は、言った。

「あれー。あれは僕の両親かもしれないぞ。電飾のスーツを着て顔も覆面をかぶっているからはっきりしないけど、体つきが似ている」

二海堂航は、言った。

「おかしいな。君んとこの両親が、ここに二人で現れるなんて。しかも、塾の前を歩くのははじめてだよね」

アベックの電光人間はフワリフワリと歩いている。仲良さそうに手をつないで、フワリフワリと歩いている。胸と背中には、〝バニラベリークッキー〟と書かれた電飾の文字が輝いている。地下鉄の星空駅の方角から来たらしい。

栄星塾
栄星塾

中学受

二海堂航、鬼頭求、深田博之の三人がいる栄星塾の向こう側の歩道を歩いている。車道はまばらに車が通っている。電光人間は、三人の前を通り過ぎだんだん遠くなっていく。

二海堂航と鬼頭求は、深田博之と挨拶をして別れた。そして、星空公園を抜けたところで、いつものように二海堂航と鬼頭求は別れた。

二海堂航、鬼頭求、深田博之の三人が、二人の電光人間に見とれている間に大変なことが起きていた。

塾の講師の勤務時間は通常夕方十六時から二十四時なのだが、この日、高岡真徳は会長の仕事のために、二十時に栄星塾を退社しなければならなかった。車で通勤している高岡真徳が、栄星塾の駐車場へ来たその時だった。

ナイフを持った人間が現れた。そして、高岡会長を刺そうとおそいかかった時、後ろからその男に飛びついた刑事がいた。二海堂輝秋刑事だった。ナイフを持った手首を押さえ、男は思わずナイフを落とした。そして、ついに犯人に手錠がかけられた。

二海堂輝秋刑事は、言った。

「竹村竜一！　殺人未遂の現行犯で逮捕する」

竹村竜一は、言った。

「ちくしょう」

高岡真徳は危機一髪のところで助かった。おびえて、震えていた。

二海堂輝秋刑事は、すぐ本部に連絡した。

「高岡会長を襲撃した犯人を逮捕しました」

二海堂輝秋刑事は、栄星塾の駐車場の車と車の間にしゃがみ込んで隠れていたのだ。

すぐパトカーが、やって来た。

高岡真徳会長は、震えながら言った。

「二海堂刑事さん、ありがとうございます。……私は、今日は失礼していいですよね」

二海堂刑事は、言った。

「今日のところは行っていいですよ。またお話を聞くことになると思いますが」

パトカーに乗せられた竹村竜一が、つぶやいた。

「あんた、まるでキングコブラだ」

二海堂輝秋刑事は、言った。

「それほどでも」

第五章　電光人間の消滅

警察署では、竹村竜一の取り調べが行われていた。

二海堂輝秋刑事は、尋ねた。

「高岡真徳会長を殺すつもりだったのですか」

竹村竜一は、答えた。

「はい」

「理由は?」

「大学受験に失敗したからだよ。高岡の言うとおりに受けたけど、だめだったんだ」

「どこも受からなかったのですか」

「鬼頭錨さんは一校受かったけれど、俺のほうは三流と言われる大学も全部だめだったんだ。腹が立つよ。怨念だ。そこらじゅうぶっつぶしてやりたいくらいだよ」

「なるほど、竹村竜一、お前が高岡真徳会長をねらった理由はわかった。しかし、社会はそんなに甘くないんだ」

竹村竜一の一回目の取り調べが　終わった。

それから、竹村竜一の持っていたナイフが、星空公園で殺された塾の講師の宮森先生とカシオペア公園で襲われた大沢くんの傷と一致した。防犯カメラに映っていたのは、竹村竜一と断定された。

防犯カメラの解析はすでに終わっていて、二つの事件の犯人が同一人物であることは、とうにわかっていた。しかし、特定できなかったのである。

しかし、今度は間違いない。顔立ち、背かっこう、防犯カメラに映っているのは、竹村竜一だ。

やがて、二回目の取り調べが行われた。

二海堂刑事は、言った。

「星空公園で、宮森先生を殺害したのは、お前だな。防犯カメラに映っている。刺し傷もお前の持っていたナイフにぴったりだ」

「私がやりました。怨念なんだ！」

竹村竜一は、言った。

二海堂刑事は、言った。

「カシオペア公園で大沢くんを襲ったのもお前だな。やはり、防犯カメラに映っている。刺し傷もお前の持っていたナイフと一致した」

竹村竜一は、言った。

「それも、私がやりました。こんな悔しいことはない。怨念なんだ！」

二海堂刑事は、言った。

「鬼頭錨との関係はどうなんだ」

竹村竜一は、言った。

「鬼頭錨さんと初めて会ったのは、高校三年の四月、栄星塾です。がんばっていい大学へ行きましょうよ、なんて励ましあっていました」

二海堂刑事は、言った。

「なぜこんな計画を」

竹村竜一は、言った。

「鬼頭錨さんは、受かった大学へ行き、私は全部落ちたのでバニラミント製菓へ就職しました。四年間は、一度も会っていません。

四年後なんと鬼頭錨さんがバニラミント製菓へ入社してきたのです。栄星塾以来だったので懐かしく、意気投合しました。同じ製造課になったので、会社でもよく会うし、食事にもよく行きました。

はじめは、先に入った私のほうが仕事ができたのですが、鬼頭錨さんはすぐに仕事を覚えて、係長になり、電光人間結社をつくり、百合さんと結婚しました。それは、まるで飛ぶ鳥を落とすがごときでした。私には、そう見えていました。

錨さんは、会社の労働条件を改善するために電光人間結社をつくり、私も電光人間Mということで参加しました」

二海堂刑事は、言った。

「なぜ鬼頭求くんに文書を頼んだんだ。なぜ子どもを巻き込んだ！」

竹村竜一は、言った。

「電光人間がうたがわれていると知って会社を休み、しばらく身を隠そうと思いました。しかし、連絡をとる必要があったんです。求くんには悪いことをしました」

二海堂刑事は、言った。

「わかった。鬼頭錨、鬼頭百合にも共犯者として話を聞こう。これまで嘘の供述をしていたとしか言えない。名簿からも竹村の名前を隠したと思われるし、殺人事件を知っていながら、隠していたなんて。ほかに何か言いたいことがあったら言いなさい」

竹村竜一は、言った。

「私は勉強は嫌いではないが、どうしても成績が上がらなかったんだ。栄星塾を恨みました」

二海堂刑事は、言った。

「成績が上がらないのは、栄星塾のせいではないだろう」

竹村竜一は、言った。

「暗記しても暗記してもすぐに忘れてしまうのです。まるで、誰かに磁石で吸い取られているかのようなんだ」

二海堂刑事は、言った。

「それで、進学は諦めて就職したわけか。それはそれでいいが、殺しなんて考えるな」

竹村竜一は、言った。

「私だけではない。鬼頭錨さんも栄星塾を恨んでいると言うからだ。鬼頭錨さんの分も考えてやったんだ。彼も希望の大学に行けなかったから」

二人は、栄星塾を憎んだ。特に竹村竜一の心には、強い怨念がうずまいていた。


そして、鬼頭錨、鬼頭百合が逮捕された。

鬼頭錨の取り調べの供述から鬼頭求、柏川萌からも、詳しく話を聞くことになった。

バニラミント製菓では、重役会議が開かれた。出席者は、社長の三好治、製造課長の貝塚達也、営業課長の大隈吉人、事務課長の大谷善子の四人である。

三好治社長は、言った。

「殺人事件の犯人、竹村竜一を解雇します。また、鬼頭錨係長と鬼頭百合社員を解雇します」

貝塚達也製造課長は、言った。

「異議なし」

大隈吉人営業課長は、言った。

「異議なし」

大谷善子事務課長は、言った。

「異議なし」

三好治社長は、言った。

「バニラベリークッキーの製造を中止とする。さらに電光人間結社を解散する。そして、バニラミント製菓労働組合を設置する。労働組合初代代表に近藤加芸樹くんを任命する」

貝塚達也製造課長は、言った。

「異議なし。でも、この間結婚したばかりだが、彼でいいかな」

大隈吉人営業課長は、言った。

「結婚したからこそ、労働組合代表は近藤加芸樹でいいのです。彼に期待しますよ。しかし、電光人間としての宣伝の仕方は反対です。中止しましょう」

三好治社長は、言った。

「もちろん、電光人間は中止します」

貝塚達也製造課長は、言った。

「それならば、異議なし」

大隈吉人営業課長は、趣きのある口調で、言った。

「異議なし」

大谷善子事務課長は、言った。

「異議なし」

警察署では、星空工業地帯殺人及び殺人未遂事件を解決とした。

二階堂航は、言った。

「僕が四月に見た義足の電光人間も、この光り輝く人間に人目をひきつけておいて、その間に事件を起こしたということだね。会長が襲われた時も、確実に目をそらすため、塾の前に電光人間が二人で現れたんだね」

二階堂輝秋は、言った。

「そのとおりだよ。いつのまにか利用されていたなんて、みんな知らずに宣伝活動をしていたんだ。

それから被害者の高校生の大沢くん、退院したよ。星空公園で宮森先生の事件が起きた時、この高校生に現場を目撃されたと犯人が勘違いし、襲われたようだ。ぶじ退院できてよかった」

二海堂ひと美は、言った。

「やっと逮捕されたわね。家の近くでの殺人事件ということで不安だったけど、やっと安心できるね」

　二階堂航は、言った。

「鬼頭求くんはどうなっちゃうの」

　二階堂輝秋は、言った。

「今は親戚の家にいるそうだよ」

　二階堂航は、言った。

「ぼく、手紙を書くよ」

　二海堂輝秋は、言った。

「鬼頭錨が嘘をついていたからなかなか進まなかったが、犯人を逮捕できてよかった。みんな嘘をついちゃあだめだよ。いずればれるんだ。そして、人のせいにしちゃだめなんだ。自分が悪いんだ。それは、競争の世の中には違いないが、法律があるのだから法律を破ってはいけない。

　人間は目標があって生きていると思うのだ。将来何になりたいか、ちゃんと決めて真っすぐ生きていけ」

二海堂航は、言った。

「僕は、将来、お父さんのような刑事になりたいと思っている」

二海堂輝秋は、言った。

「世の中、生きていくことは大変なんだ
一生懸命、生きていきなさい」

あとがき

電光人間を読んでいただきありがとうございます。

登場する人物名、地名、団体、すべて架空のものです。

電光人間を読んでリフレッシュしていただければ幸いです。

この小説のクライマックスは、アベック電光人間が登場したところです。異様な美しさがあると思います。二海堂航、鬼頭求、深田博之が、見とれてしまいます。読者も、見とれて下さい。そして、電光人間に見とれ、気を取られているすきに、殺人事件が起こりそうになります。うまく二海堂輝秋刑事が取り押さえますが、このすきを狙って犯行を起こそうとたくらんでいたのです。

初めて、刑事物を書いたのですが、やはり法律に詳しくないと書けないと思います。
法律がくい違っているところがあるかもしれません。あまり気にしないで下さい。
なんとか四冊目が出版でき、うれしいです。
最後に、三省堂書店出版事業部のみなさん、イラストレーターの児玉やすつぐさん、
ありがとうございました。

【著者プロフィール】

大塚 静正（おおつか しずまさ）

昭和32年3月2日静岡県沼津市生まれ。

昭和38年中央幼稚園卒園。

昭和44年沼津市立第一小学校卒業。

昭和47年沼津市立第一中学校卒業。

昭和50年日本大学三島高等学校普通科卒業。

昭和54年日本大学農獣医学部食品経済学科（現在の生物資源科学部食品ビジネス学科）卒業、大学時代、産業社会学研究室所属。

大塚商店（自動車解体業）に約1年、ヌマヅベーカリーに10年3ヶ月、大昭和紙工産業に26年9ヶ月勤務。

2017年3月21日定年退職（60歳）。

2018年1月5日（60歳10ヶ月）『愛の湖　大塚静正ものがたり短編集』（創英社／三省堂書店）でデビュー。

2019年1月8日『クッキとシルバーキング』（創英社／三省堂書店）発行。

2020年7月11日『悲しみの谷』（創英社／三省堂書店）発行。

電光人間《でんこうにんげん》

2021年11月 1 日　初版発行

著　者　　大塚 静正
発行・発売　株式会社三省堂書店／創英社
〒101-0051　東京都千代田区神田神保町1-1
Tel 03-3291-2295　Fax 03-3292-7687
印刷・製本　シナノ書籍印刷

ISBN 978-4-87923-119-2　C0093